羊宇宙的沉默

銀色快手——著

02

心存一念

文／李時雍

講台上，來到了戰爭時代的抒情詩人，馮至，上個世紀三零年代留學海德堡大學，深受德語詩人里爾克（Rainer Maria Rilke）影響，而寫下《十四行集》；聽教授講述著，在「史」的年代，「詩」及其衍生的自由、歧義、抒懷，創作主體性以至倫理的承擔，都是何其艱難。落過一場春雨的窗外校園，林葉和屋脊閃爍著眼底的光，像新世界。我便也想起《給青年詩人的信》裡，馮至的譯序，寫道多年前1931的春天，無意翻讀到那一小冊里爾克寫給年輕詩人的書信集而深刻的感動，「禁不住讀完一封信，便翻譯一封，為的是寄給不能讀德文的遠方的朋友。」

是晚，我在網路上讀到一段你的札記，「這是影響我寫作很重要的一本書……里爾克的詩句常帶給我很多的靈感，以及對於文學和隱喻之間的關係，有著更深一層的認識。」你並且一字一句將全文鍵入，為的只是，抄

03

錄給未能隨身攜此書信的遠方的朋友。

譬如我。我重新閱讀著轉抄的文字，也彷彿信來自於你。第一封中，詩人已摯誠坦言了貫穿往後五年間通信的主旨，「請你走向內心」；此外，還能多說任何的什麼呢？如果有可以多說的，或許也只是，在書桌前重讀的此時，我竟隱然感覺到原來詩、書信，翻譯，乃至抄寫之間，之於一位詩人似都有如此接近的本質。也在這一刻，他人才能體會這麼多年，你生活意義的核心。

長期投入詩的創作、文學的翻譯，暫停一間名之為「布拉格」的書店，或只是為了前往真實的他方，力行抒情的生活。而這些遺跡，都留在你自上一部詩集《古事記》（2011）到這一部《羊宇宙的沉默》了。你所不知道的是，我特別喜歡的，正是那些你貫上以「妳」為傾訴對象的詩行〈五月病〉、〈空椅〉、〈心裡住著猿猴與馬匹〉……，口語日常，音韻在段落間複沓，讓紙頁上每句話語，都像在戀人小小的耳朵旁吟唱。

彷如書信。甚至連同另外一些徘徊於環墟的沉思，那些疊韻或回聲著里爾克到馮至所繫身的大時代命題的〈一無所有〉、〈德國零年〉或其他，在詩裡，除纏繞成更形複雜的構句外，無有分別地，被你摺起、封緘，沉甸甸地抵達遠方。

即便回音必然沉默，那也就是〈羊宇宙的沉默〉，「當整個宇宙沉睡／而你獨自清醒的時候」你說，「哲學家就誕生了」，詩人就誕生了，寄件和收信的人，唯有在這一句詞語寫下的所在誕生了。我們最感好奇的，難道不就是十封書信的起首註記下的時間、地名，巴黎、比薩、羅馬、瑞典……，從1903年2月17日，到1908年耶誕節第二日；但除此之外呢？橫亙於遷徙、在此和彼之間的廣袤荒漠呢？如同你寄給我的詩作，如同你同樣細心記下的時地（2011至2014間，卻收錄有一篇1998年9月6日〈夢曾經來過〉）；單向投遞的話語，給三島、給飛翔者、給死難者、給妳、你、祢。

05

只要展讀，便令人想像起抄寫著文字的你靜默的身影。此外我們竟不知能再多說什麼。里爾克感謝遠方寄來的詩，遂手抄下，重附信中，「現在我又把它謄抄給你，因我以為能在別人的筆下再度看到自己的作品，是很有意義並且充滿新鮮的體驗。」於是此刻若還有一句話可說，我願敬謹抄下在你曾面對人世艱難時，寫下的一句：「心存一念，唯有寫詩。」

06

A Love Letter from the Lonely

文／邱怡青

看完這本詩集的初稿之後，非常喜歡文字還保有那種纖維質感和筆觸的粗糙感，讓我想起某一天去拜訪他靜落於熱鬧市場的書店時，店員曾經拿出一個透明的封口袋，說裡面收集的都是從收購來的二手書本夾頁裡，已經被主人遺忘的東西，品項眾多，有發票、帳單、樣式古樸的書籤、寫著一些不連貫關鍵字的小紙籤，難以想像一個隨手，讓書頁之間成為一個私密的收納空隙，藏著一張張已經曝了光的膠片。

而銀快就是會做這樣的事，他會耐心的一頁一頁翻開，找到它們宛如可以感知到它們最後的一點電量，如同對待他詩裡的每個字，把生活裡稍縱即逝的光影和片段漸漸堆積起來，有了重量，再用各種如同收藏品一樣的意

07

象密封起來，無論是過時的或還在漸進的，他都執意全部保留。

所以閱讀他的詩作總有一種親近的感受，他不刻意和世界保持距離，也不是旁觀者，一部分的他都會被密實的像不同顏色的線料車進字縫裡，也沒有企圖營造暗示，變成一道曖昧的謎語，總是很忠實的，撫摸和擁抱生活和情感的紋理，偶爾像蜷成一團、慵懶親人的貓，偶爾孤獨懸掛如一顆熟成但不需要任何人收取的蘋果。

最重要的是可以讀到鮮明、最高規格的禮儀一樣的抒情，如果要說，大概是在和美麗的女孩在度過不同性質的夜晚（可能是沉默的，感傷的或像糖果一樣甜膩的時光）在道別之前在她手背輕輕一吻的那種，恰好浪漫的情愫。

也會讓你看到自己鮮少向外翻折、透露過的一些不經修飾的末微枝節，稀微的如同遠方雷鳴的記憶。就算有些人已經在那個空間裡潮濕了意義，當時沒有機會言謝或好好道別。

他不忍心讓他們佇立在那裡反覆自己的模樣，沾滿遺忘的灰燼，於是在詩裡一次次遇見凝固在當時的他們，對他們傾訴「我仍在這裡。」，穿越了狹長的裂縫，從最小的裂隙間穿牆而過，擁有了自己的無望、苦難和艱難、為了保全自己對境況充滿自覺的疏離，碎裂了一地又拼湊，經歷愛裡無法整全之後隨意觸發的災情，修補渾身的損裂向前，還能真切的凝視生活全貌，重新養出連自己都未曾體驗的感觸，還明白前方路途的埋伏的曲折與漫長。

我想他是在藉由詩在進行一場漫長、無悔的告白，希望永遠躺在最接近愛人鎖骨的枕邊聽著他朗讀，如果時間不追趕、如果變動和消蝕不搖晃這份安穩，讓生命一切的重量傾斜，他想要不聽見，就算困住不動也無所謂。幸福就是希望能反覆經歷相同的安定，思索離別的承擔，在日復一日裡艱難或快步的行走，微弱的憂傷和狂喜，無盡的重複脫逃與迷路，在時間和改變的迷宮裡一次一次的重設，凝視的目光和最接近永恆的常態。

目錄

【美索不達米亞語系】

【她的名字叫卡拉】

【物理屬於相愛的人】

13

【巴伐利亞甜餅】

【太古及其他的時間】

【地獄A子夢見街】

【銀十字鑰匙騎士團】

18

攀岩術

我渴求有人來
深深喚醒我靈魂的井
汲取那些粗礪鹽分
或垂聽我內部焦渴的聲音

在剛剛結束的戰機持續轟炸後
形同廢墟的我荒蕪在影子
被曬乾的人民廣場
所有跪著的信徒全部倒臥於血泊

他們的屍骨被啄食
天靈蓋被掀開
似乎還有溫度流出來
略帶磷質的毒

而我底思想
也像是被剪去趾爪的獸
浸染著末日的悲哀
如血塊沉落的黃昏背景
或許只有火焰能理解
從胸口滲進來的冰寒

親耳聽見死亡在它的嘴裡
反覆唱著虛無的歌謠
菌絲漫漶的空氣中
病童們奄奄一息

我渴求有人來
深深喚醒我靈魂的井

十根斷裂的手指
每個夜裡在鍵盤上
苦苦練就的那些攀岩術

2012.12.04 17:15
代序

美索不達米亞語系

其實是從未明白這尋求的最終。臉孔與眼眶，故事都必須走到沒有路徑為止。那麼到底是什麼？片片段段。連選擇也是被預留之下的選擇。聽著死去的女伶幽幽地低吟著從前。下著雨而產生的晴朗，你看窗外的種種行走。他們也看著你，我有這樣的感知。

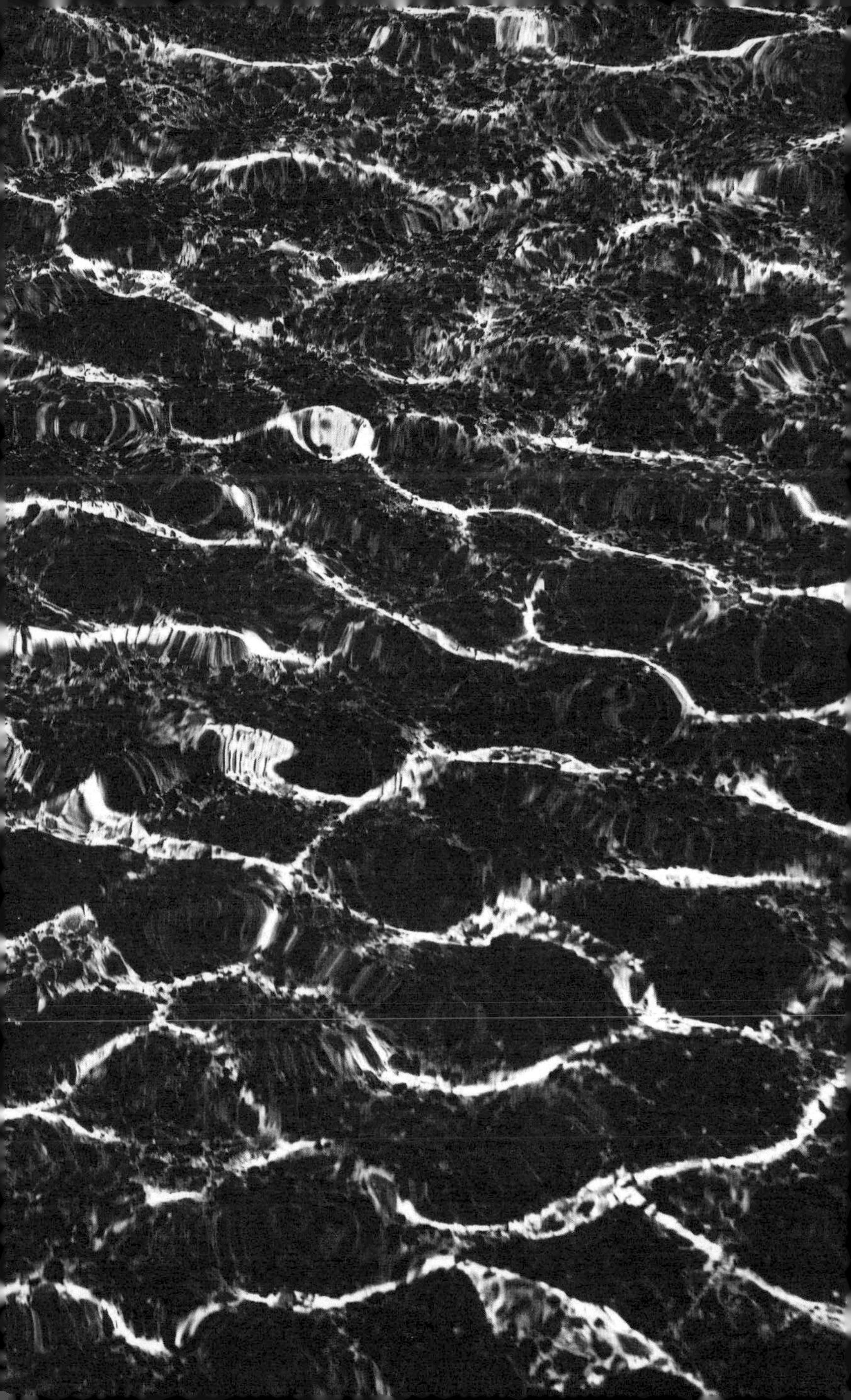

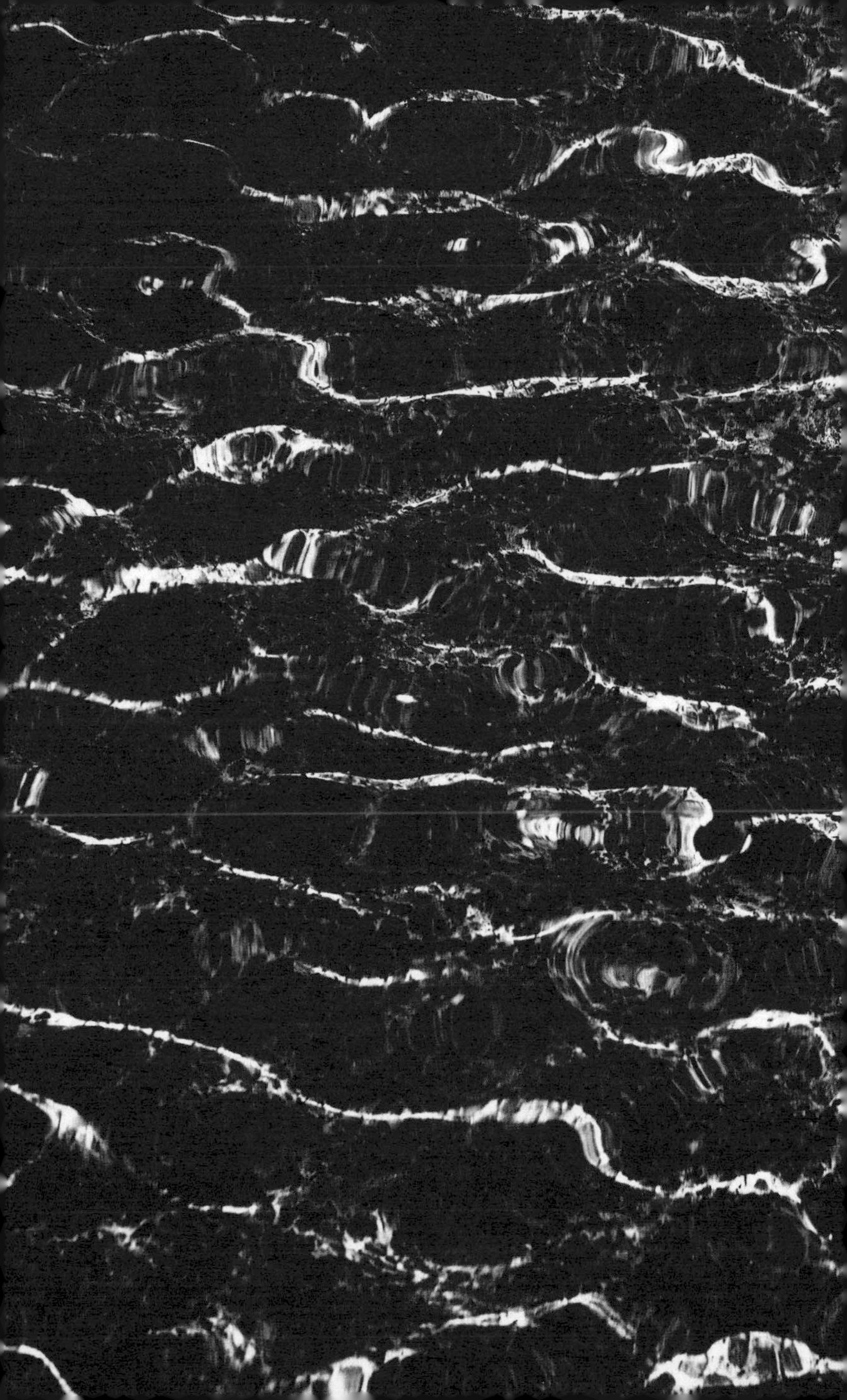

遺失

遺失一串鑰匙的男人徘徊在巷弄間尋找手影的魔術師。纏繞在他脖子上的繩索已然鬆開了，街燈仍默默吃著黑，像老鼠一樣緩慢吐出蒼白的煙圈，數字是六，形式像巧克力，轉角的咖啡桌上，藍帽女士抽出兩張塔羅牌，分別是「愚者」和「吊人」。男人幽幽的眼神望著馬車隱去的方向，有教堂深夜祈禱的燭光隊伍和月夜抬棺的運屍人，他們在命運交錯的城堡前，約定要領養一名來自波斯的孩童，潔白的牙齒和微笑，古銅色的皮膚和黑髮，內心澎湃著海潮的聲音，檸檬滋味，貿易風與帆船派，說好的藏寶圖又被古老的腓尼基人載往迦太基港，消失的帝國是男人腦海中的幻影，簡約的航線，遙遠而古老的神秘東方，星星在天空發出爆烈的聲響，肥沃月彎的水草們靜靜歌唱，男人遺失了一串天使的鑰匙，找不到夢裡芝麻開啟的那扇通往異世界的門。

28

他始終擁有那樣的能力

他始終擁有那樣的能力
把看似無用的東西
改造成有模有樣的藝術品

把廢棄物蒐集起來
提煉成黃金一般
閃閃發亮的東西

把日常生活中再普通不過的物件
變成手中精巧的零件
或組裝成會走動會飛行的玩意兒

那些差不多準備要丟掉的報紙
他只要隨手一摺
就可以捏出身體和翅膀
變成一隻撲向空中的鴿子

人們暗地裡叫他魔術師並竊竊私語
說他可能身上帶著會害人的法術
人們盡可能地和他保持著適當距離
以免下次換成是自己變成了馬戲團裡
跳火圈的動物們，也許是老虎、海豚或是糖果人

他始終擁有那樣的能力
只是沒有好好善加利用而已

2013.01.09 23:26

無預警

所有失去都是無預警的
眼看墜落的雲霄飛車
玩具兵掀起末日之戰

從咖啡館窗邊位子看去
　許多影子無聲行走
那種匆促感劃過的火柴

炫惑迷亂，魔術師午餐
　如妳瞳中流動著掌紋
天使翅膀不沾染塵埃

　我以為的恍然明白
僅是糖果紙們的暴動

口袋名單以及隱秘的黑歷史
　果凍心臟停止了心跳
藍色手術室停電一小時
誰又說得準下周的天氣呢

2014.04.29 08:23

星期天是個特別的團

星期天真的是一個很特別的團
為什麼會和百貨公司聯想在一起呢？
總是飄著細雨披著黃色雨衣
出現，沒有人真正看見過他的容貌
在頂樓恆常寫字，像一封遺書該寄去給遠方
沒有收件人，就是星期天的行事風格
也許你聞過他，但不可能記住
我很喜歡星期天的音樂有時候你必須

33

很早起床跳上第一班地鐵（直覺很重要）
前往舊城市的心臟鬼魂出沒的那家唱片行
閉上眼睛冥想從第七排左邊數來第三格
大概降落那附近吧，上次也是這樣感應的

我還沒有做好準備
當星期二來臨的時候
覺得快要崩潰忽然想起星期天

2011.08.10 03:46

卡住了

我感覺橫膈膜有根刺卡著
口水嚥不下去，胃酸打上來

我的心裡面也有根刺卡著
別人進不來，我也出不去

我的爛胃卡著難以消化的腐肉
我的腦袋卡著思想的雜質

我的人生卡在光明與黑暗之間
上面是雲端下面是地獄伺服器
我卡在零與壹的數字快速運算

我的拉鏈卡住了

我的膠片卡住了
我的喉嚨卡住了
我的靈魂也卡住了

我的悠遊卡
到哪裡去了

36

懷孕

我懷孕了
我希望能克服
旺盛的食欲
我的肚子
大概有六個月
那麼大
我是否該為
寶貝取個名字
脂肪不是個
好名字
如果改成
霜降或雪花
心情會稍微
好過一點

任性的貓

F君是一隻任性的貓
他可以任性的扮演各種角色
只要給他足夠的時薪
外加一個月分量的貓餅乾
也要記得提供新鮮的牛奶
他會願意選好時段
為客人提供貼心的服務
比方說燙衣服，你的襯衫會平整
筆挺，所有的摺線完美呈現
絕不含糊，鈕扣也會確實縫好
不會出現惱人的綻線
煮咖啡也是一流
從選豆烘焙到研磨
火候和手感很重要

最關鍵的是心意
把時間濃縮成一杯
黑色的夢境
讓客人喝下去感覺
有個彩色的明天
這點很重要
F君是一隻任性的貓
但是相當守時
任性的部分是
他有可能把作蛋糕的材料
拿來畫畫
也有可能把衣服
剪貼成廣告文案
他的創意有時候會
發揮在奇妙的地方

例如調酒
有一次
我喝到的是
維吉尼亞州生產的
感冒糖漿
很不可思議吧
他知道慕尼黑南方
有一種專門給失去嗅覺的人
吃的焦糖布丁
口感特別綿密
你知道他拿來做什麼嗎？
修補他的靴子
F君是一隻任性的貓
這點我從不曾懷疑

黑名單

選擇不聯絡也是一種溝通模式
把你設成黑名單好讓我永遠記得
你是不該再連絡的那個人

每次當我邊聽音樂
邊讀一些不相干的詩句
你的名字總會擾亂我的頻率
反覆提醒重新溫習肥皂劇情

你的手勢對話和眼神
你的告白拒絕說謊逃避
完全可以快速前進停格或倒退
絲毫沒有任何阻礙

我已經是你的陌生人
我們之間再沒有任何交集
選擇無視或輕快微笑帶過
在斑馬線前亦沒有分別

我可以說上一萬遍我愛你
我愛你當作六字真言
也可以當場被車子輾成
無法跨越的雙黃線

遺忘是偽裝的面具
藏著我脆弱不堪的劣質粉底
我不再需要為你裝扮成舞會上的寵兒
也不必趕在周年慶血拚下殺的保養品
如此多好，絕對等不到爛尾的結局

假裝我們仍有約不完的會
講不完的手機、傳到斷指的簡訊
在往後百無聊賴的日子裡
繼續空想我們未完腦補的愛

女孩

我欣賞的女孩又悄悄運用她的食指
點開滑鼠來逛我的臉書

每天這時候，我都在猜她又聽著什麼樣的
音樂，可能點了一根菸，隨意放在桌邊
偶爾想起來吸一口幻見的雲霧，假裝有愛人
躺在慵懶的床前枕著棉被露出性感臂膀
專注地看著她，直到時間完全靜止

她的眼球快速水平移動的時候一定很美
褐色鑲著海藍的邊框的瞳仁，有一點點憂鬱
煩惱的時候就把長髮盤起來等到巫婆回來再放下
吃起蘋果是連皮一起啃的那種，吐出禁忌的果核種在窗台
每天澆固定的水量，但土壤絲毫沒有變化

她織了一頂可愛的毛線帽，白色絨毛
並準備長長的襪子愉快倒數聖誕節的來臨
七歲時，她見過聖誕老人戴著麋鹿的角

有時也會超級沮喪，很想馬上把工作辭掉
去遠方旅行，看一看地球另一端的海
撿那裡的貝殼，聽海洋的心跳
假如中樂透的話，她要買下一座地中海的小島

難過的時候把寫過的日記通通撕掉
扔進魚缸裡，請放心，魚缸裡沒有魚
只有傷心的淚水和情緒的暗礁
醫生開的處方只有低劑量的安眠藥
快樂丸什麼的她沒吃過不知道

她依舊在逛露天和淘寶
想買的東西有一座百貨公司那麼多
逛得好累，眼皮浮腫，來敷一下面膜吧
摸一摸身旁的貓，放輕音樂，燈光轉暗
調整枕頭的高度為午夜的冒險做準備
我欣賞的女孩又在撥弄她的手機螢幕
和所有線上還沒睡的朋友道晚安
抱著她的泰迪熊，去愛麗絲國度快樂的夢遊

她的名字叫卡菈

其實貓踩著我的呼吸
輕巧近乎神秘
沒有半點猶疑
時鐘分秒前進
上帝黑色的絨毯
織入我藍色夢境
船不動聲色望著海
突然洶湧的暴風雨
像水手臂上刺青圖案
一顆安靜沉默的心臟
就要劃破血紅的黎明

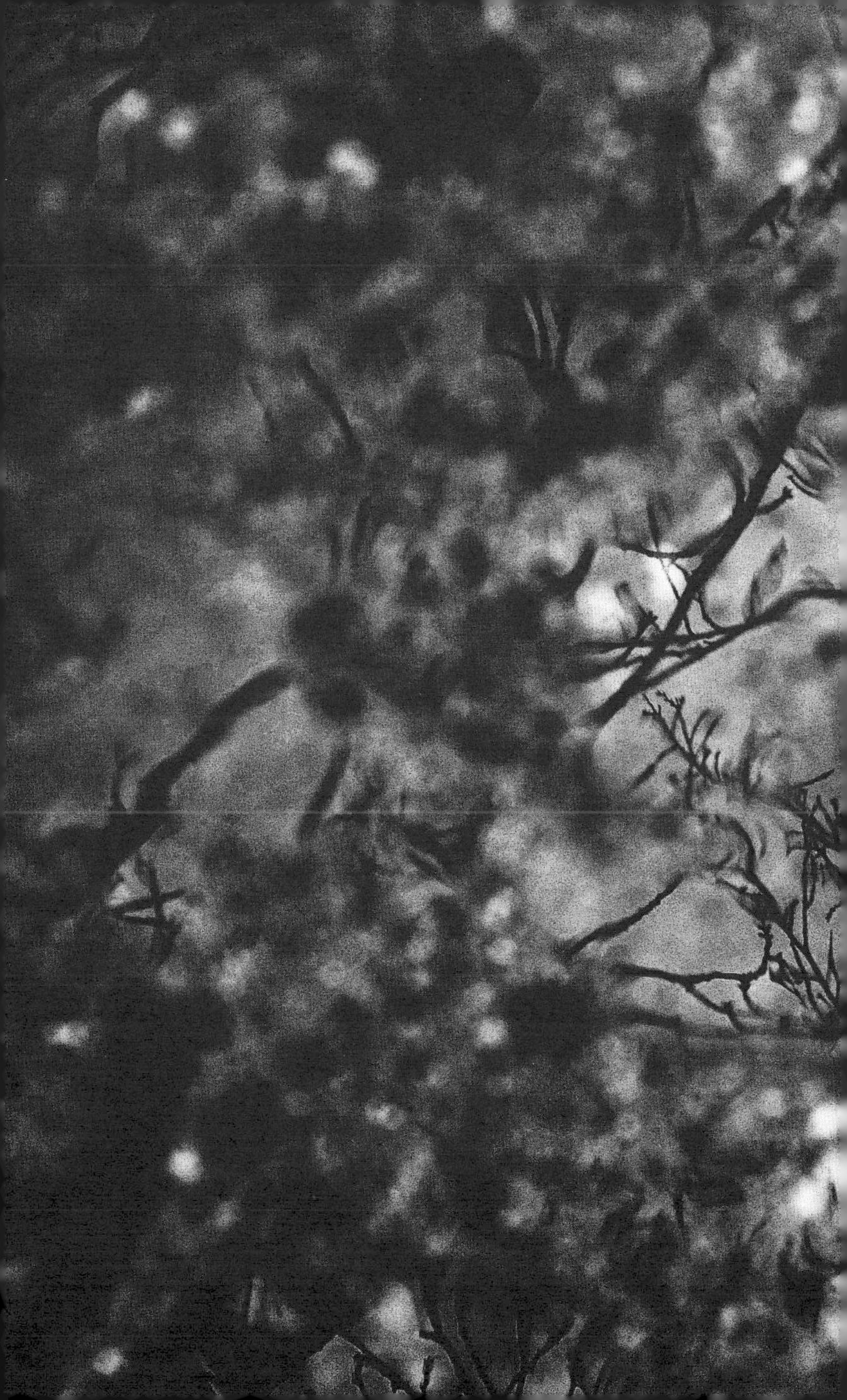

蛭

你說思念一個人
會促進血液循環
　越是想忘記
蛭一般的想念
　緊貼著胸口
痛，還是記得
　在心底蠕動
在記憶的暗渠
　　爬行

未癒之傷

偽裝成刺蝟潛入
面具的嘉年華會
彼此展示未癒之傷

宛如相識多年的摯友
那麼真切的祝福
與分離時的痛楚
都會好好記得

妳細心為我紮的紙玫瑰
被謊言包圍夢境異常甘美
我歪著頭，世界也暗暗傾斜了

似乎從沒有滿意的時刻

曲曲折折又旋轉了幾個角度
那些妳不明白的表情
在皺紋與陰影間取得妥協

罪惡是一條漫長
永無止盡的寂寞公路
獨自擦拭血痕盲行

去採訪草莓地吧
那裡長著新鮮的青草
底下埋著我的屍體

2014.04.24 06:13

溺死者的告白

愛情左岸，我擱淺
如一尾病重垂死掙扎的魚
藍紫色微血管沿著
灰白皮膚展開荊棘的旅途

要扮演好一名溺死者
並沒有想像中那麼容易
我必須關閉所有感官
耐心等待有人發現我的屍體

侵入骨髓的關節炎
需要的是你舌尖的止痛錠
冰冷的冬雨就要滲透
我毫無防備的心

想像著世界末日的電話亭
你在裡面死命地撥打我的手機
我的耳朵再也聽不見
自深海傳來的寂寞頻率

2013.01.13 08:13

悖德的情詩

我們的身體像沒有止境的無底洞
貪婪吸吮彼此靈魂分泌出的汁液
如此黑暗絕望辨別不出任何顏色
　上帝會赦免我們悖德的罪行嗎
魔鬼會接納被慾火燒傷的印記嗎

我看見血絲自你唇沿滴下惡之華
我聽見索命的鐵鍊劃過禁臠的長廊
　惟你是我日夜渴求的青春泉脈
捕捉往昔時光驟然消逝的蒼白

曾陰鬱頹喪在地獄裡死過好幾回
如今在你面前捧著一張破碎的臉
　命運巧妙將它縫合成矯飾面具

仍喚不回謊言與幻影編織的從前

若我隱形在你身後或左或右搖擺
以電音的狐步，以曠野淒厲的嚎嘯
或冬夜的雷擊，妒意蜿蜒恣意蛇行

我已準備好滿滿的心碎
要灑在你安靜的墓園
並簽署好遺囑和器官捐贈卡
在反覆回憶你的黃泉路上
摘下第一株幸運草花

62

微自殺

把藥劑師配給我鼻炎的藥，分開來吃，實驗它的效用
本來一包藥有六顆，有一顆小白藥片，我知道那是胃藥
另外有一顆紅色膠囊，它可能是抗組織胺什麼的
很想知道哪一顆吃下去之後，會讓人有虛浮無力感
剛好其中有包藥，拆開的過程中不小心散了
所以要把握這個機會，試著把每一顆個別分開吃

就像俄羅斯輪盤，每一顆藥都有機會發揮它的作用
現在藥效來了，小小的暈眩感，真舒服
再配上一點酒精更好，伏特加或是日本帶回來的梅酒
把耳機的音量開到最大，無止盡堆疊的音浪
我喜歡這樣，和影子一起搖擺，跳想跳的舞步
想像跟妳一起走上絕路

2012.12.17 09:59

64

她寄給我的遺書

她寫好遺書寄給我是去年冬天的事
收件日期是今年的西洋情人節
遺書上其實沒寫什麼特別的內容
只寫了：「這裡的陽光很好，我希望
在我還美麗的時候可以死掉。」

女孩很容易陷入情緒的漩渦
所以她不太敢在夜晚一個人看電影
那會讓她連續一個禮拜陷入
無限迴圈的劇情裡，像女主角一樣憂鬱著
那種折磨等於已經死過一回合

和死神交手至少超過廿幾次
每次都讓身旁的人感覺失足墜入地獄

陪她從急診室走出來的那個夜晚
她的臉摸起來像冰塊一樣
整個人快要變成透明的

如果我是鬼你還會愛我嗎？
如果變成了鬼，也是美麗的女鬼
我還是會愛妳的，肉體如此沉重
只是觸不到真實的存在
而我必須承受陰陽兩隔的悲哀

也許身體像靈魂那麼輕盈
就不容易感受到人間的欺騙和背叛
再也不會因為連續劇浪費好幾包面紙了
對啊，可是還會記得快樂的事嗎
微笑對著鏡子的自己割腕

2014.05.18 23:52

臨帖三

取一錠松煙墨
用月光細細研磨
秘密總藏在髮絲之間

妳的心
是一方小小的硯
承載著美麗
與哀愁

如此清澈
卻又無從訴說
如嗚咽的簫聲
喚醒竹枝的靈魂

每個夢都像是
風劃過葉片
忘了所有細節
只記得
微微的痛

2012.08.11 23:19

她的名字叫卡菈

卡菈有一雙悲傷的眼睛
看得見阿飄
像水母一樣深透明
在房間的走廊上游泳
灰色的疑心病

他們也看得見卡菈
卡菈有隻貓
喜歡站在窗邊看風景
窗外有小孩在奔跑
草地上陌生人的腳印
沾著紅色的顏料

卡菈有近視眼

她趴在地毯上找
她遺失的隱形眼鏡
不小心把貓也隱形了
她們一起喝著
快冷掉的下午茶
貓餅乾顯得有些潮濕
但布丁口感還不錯

他們也看得見卡菈
他們也想喝下午茶
但他們只是想
稍微靠近一點卡菈
也許卡菈讀得懂
他們的心事

忙碌的肉身
總是穿過彼此
最寂寞的靈魂
他們從不睡午覺

卡拉有隻貓
被隱形在隔壁的房間
他們關上了門
不讓貓出去
也不給貓餅乾
一整個晚上
只聽見貓在叫
卻看不見貓走動

他們並不知道
卡拉其實都知道

物理屬於相愛的人

我們總是在學習如何餵養內心的恐懼，把不安餵給了它，把寂寞餵給了它，把憂慮餵給了它，把懊悔餵給了它，把恨意餵給了它，把憤怒餵給了它，把冷漠餵給了它，把自責餵給了它，把青春餵給了它，其實它是如此貪得無厭，而我們情願什麼都不留給自己，全心全意寵愛這隻怪獸。

我是有罪的

背對祢的時候，我是有罪的
不喜光明世界，囚我在陰暗牢房是對的
任潮濕的壁癌上蛞蝓黏稠的汁液爬過
時間在我逐漸腐化的肉身侵蝕
直至長出青苔（夢中曾造訪過的花園）

面對祢的時候，我總是心懷恐懼，或悔恨
每踏出一步，離地獄更近一些（更危險一些）
不知心是多深的懸崖，膜拜著未知的神祇
烏雲很快就會籠罩過來，而我期待一場暴雨將至
魔鬼的座騎向四野召喚惡靈，揭去禁制的封印

背對祢的時候，我是有罪的
仇恨烙下焦黑的紋身，巨噬細胞已蔓延四肢

如果卑劣的膚色註定是應滅絕的族裔
噤聲不語的牲畜能預見屠宰場的黎明嗎
世界在祢的眼中只是虛妄的遊樂場
我寧可拿起棒棒糖和陌生小丑一起人間蒸發

面對祢的時候，我總是心懷愧疚，或憂愁
宛如羅得見識過的索多瑪城，華麗與毀壞的亂倫
當眾人行邪淫，不知罪之深重，祢從不在現場
天使偷偷躲在馬槽角落裡做愛做的事
先知們在地窖秘密集會瘋狂竄改未來的歷史
多麼熟悉啊，每日跑馬燈似的新聞畫面

其實生命攤開來就是一部難解的奧義書
裡面寫了怪異扭曲的符號，滿滿的謊言和謎語
和我從不知道的事，而祢堅稱我是有罪的
總有一天我會下地獄的（遲早會有這麼一天）

翅膀是黑色的

昨天藍色已為我
換上新的靈魂
可動關節，皮膚炎
我不要面具

手術完，又有新的
複製的太陽不等於明天
去超商領取偽造證件
我有一份正當職業
領固定的薪水

記憶，它總是斷電
不要駭怕升降梯
去過天堂的人不曾回來

他們翅膀是黑色的
褪去金屬的薄膜
維修工為我換上新的
電池，時間撥慢
彷彿散步

假面的告白

必得更認真誠懇地反省
才能將我腦內的幻象敲碎
有好幾次死亡和痛苦的陰影
盤旋在青春虛妄暴風中

把身體攤開成一幅畫布
讓濕潤面頰浸透八月的雨
鮮血是最好的顏料從皮膚滲出
使我有種從腐敗中重生的氣息

你信仰的那個真實世界對我來說
是包裹著巨大謊言的鑲嵌畫
藍色斷頭臺，罌粟花、惡魔的微笑
有革命行列在我們之間激辯戰鬥

彷彿已溺死在盛夏的海邊
蟬鳴在枝頭瘋狂地分裂增殖
我們不斷變換各種性交姿勢
欲望淬鍊成金色火焰令我眼盲

也許輕鬆戴上黑色眼罩
這世界看起來就會乾淨許多
沒有英雄亦沒有狂熱的殉教者
我的王國裡都住著驕傲的子民

2014.07.30 09:59
於重讀三島由紀夫《假面的告白》的早晨

無頭森林

無頭森林的月光猶如緊繃的絲弦
頸項皆斷的戰士們以曠野狼嚎聲相伴
　依然尋找著失散多年的妻兒
辨認不出方位、往昔細碎的叮嚀
　盡隨鬼哭的風聲消隱於薄霧中
失去養分皮膚異常鬆弛斷裂的灰趾甲
也搞不清楚名字中間拼音順序和發聲位置
　　還懷抱著熱切的信仰嗎
　還天真地以為和平終將到臨嗎
他們握拳、近身肉搏、鎧甲沾著黑血
酒袋裡早已餿掉的汁液被糞蟲舔乾
　不能消化任何東西的胃只好隨便
　填充一些發霉的野草和樹皮
大夥兒唱著永遠回不了家的鄉愁歌謠

做些淫亂不堪的夢，假使睡得著的話
而他們的頭顱一直被掛在城外的祭壇上
像將軍最初允諾他們的那樣
為了活著的光榮時刻必須奮戰到死
維持不自然的仰姿，彷彿空氣中還迴盪殺敵的吶喊
兩個黑窟窿已被寧靜的星光注滿

2014.09.23 22:58

傷心小鎮

自從黑眼珠離開了傷心小鎮
黎明再也不曾張開雙眼
所有愛欲都像是利益交換
你用你的謊言換取我的肉體
我用我的幸福奪取你的自由
如此甚好，誰也不欠誰

除非你摘下月亮的心臟
除非你蒐集了滿天的星光
或許可以再續幾年愛情合約
要是真能等到那個時候
記得把我從千年沉睡中喚醒

可我只剩下沒有靈魂的軀殼

感覺麻木，視線昏暗，手腳冰冷
不記得任何關於你，只留存美好
只留存似乎曾經美好一丁點印象
參與冬眠計畫的同伴也有相同症狀
被時間狠狠遺棄某個未知空間

據說受損的細胞可以完整修復
破碎的一顆心可以複製重塑
傷心的淚水可以兌換永生
可否將我的愛人改造成最理想的樣式
讓他的鮮血只為我沸騰
讓他的渴望只有我能滿足

如此甚好，命運的雙螺旋
來吧！愛我的和那些我愛的人

我們一起在地獄裡狂歡舞蹈
　永夜璀燦的黑色大理花
把你的夢想和靈魂獻祭給撒旦
就有刷不完的青春可以揮霍了

2014.08.16 18:07

一無所有

把這裡清空之後我便一無所有了
　不再乞求你的慈悲與愛憐
讓時間滲入肌骨感覺如此冷澈
等待形同陌路撥開黑霧依舊只有
星光和那些微弱燃亮頹廢思想
我知道傷痛總會過去總有一天
被冤埋的死靈魂將自亂葬崗黃泥土底
掘起自身骸骨哭訴遭受迫害的當年
老樹下空曠的荒原子彈穿過耳朵
隱隱有歷史竊笑著死透了良心的人們
逝者永遠年輕而活著只為勞動皺紋

把這裡清空之後我便一無所有了
不再乞求星光願意相信的耳朵

讓傷痛依舊只有頹廢思想
掘起被冤埋的骸骨形同陌路
老樹下死靈魂竊笑著感覺如此冷澈
我知道子彈穿過慈悲與愛憐依舊只有
時間滲入肌骨總有一天空曠的荒原
等待那些微弱燃亮隱隱有歷史撥開黑霧
將自亂葬崗黃泥土底哭訴遭受迫害的當年
死透了良心的人們活著只為勞動皺紋
而逝者永遠年輕，永遠像個孩子

2014.06.30 07:59
為無產階級文化大革命死難者所寫

憂鬱的邊界

有些時候
從樹影的軌跡
可以觀測出
雲的流浪

有些時候
海水不是那麼安靜
懸崖邊的小草
渴望一場暴風雨

有些時候
必須用鮮血
去染紅
青春的衣裳

有些時候
世界是沉默的
巨大墳場

情願把你
埋在胸口
期待它開出
美麗的花

2014.08.31 04:48

德國零年

一座不設防的城市
眼見一切皆斷垣殘壁
眼見一切虛空歷百千劫
唵　嘛　呢　叭　咪　吽
被毀得只剩下瓦礫的鬼窟
還有人在呼吸，還有嬰孩在哭泣
還有風，在風中呼嘯
那些包裹著傷，隱忍著痛的人們
用一種灰暗的眼神看著我
從他們無助的影子旁邊掠過
他們既是侵略者，也是戰敗國
他們口口聲聲吶喊的正義

排山倒海地坍陷，墜落

　那年的天空特別乾淨
雲躲在山裡面，子彈的回聲
把耳朵都埋在猶太人的集中營
他們說要清理種族裡的雜質
　他們說擴張亞利安人的胃

一列列貨車駛入月台塞滿活著的屍體
　載往矗立高聳煙囪的天國
那裡仍要勞動，如同離開了伊甸園
汗水都浸透了將埋葬勞力者的土地

　膝蓋親吻它們，鮮血滋潤它們
因恐懼而顫抖的樹林，因死亡而肥沃的草原

士兵們踏著幻見的瘟疫前進
微笑吹著口哨，宛如哈美倫的吹笛手

意志昂揚如風中飄蕩的旌旗
印著閃電般的魯恩符文
坦克車的履帶輾過歷史的胸膛
開遍血紅的花朵，那是罌粟的芬芳
等待著黑夜過去等待黎明到來

反抗軍遊擊隊已經進城了
臂章上大衛之星是飽受屈辱的印記
屬於火的獻祭給火，屬於風的獻祭給風
無法安息的亡靈，殺戮之軍神

我蹲在屋角撿拾地上散落的彈殼
　或清洗漂白之骸骨建成教堂
熟悉的黑彌撒曲又奏起神秘哀歌
聽說昨夜有嬰孩在德勒斯登降生了
　從今天起，一切從零開始

巴伐利亞甜餅

不要問我發生的事
所有的夢都不在現場

有一天

有一天，我夢見你
來到我的果園，摘下
不知名的灰色雲朵
夢就醒了

夢境將我的
心臟染成翠綠色
依然噗通噗通地
跳動著脈搏

那純然是迷宮一般
感官經驗，通過
一連串思念構成的幻覺
在春天走進果園

101

忽然玩起躲貓貓
這欲言又止的夜晚
大雨像謊言覆蓋整座城市
還不想從夢裡醒來

2014.06.06 08:34

夢曾經來過

我歸來，自妳未曾眺望的遠方
枯藤蔓纏窗櫺，幽幽暗影拂掠
腳底的濕痕，依稀沾著泥土氣味
　夢的枝椏悄悄長出心結

　　屋後老榕愈見茂盛了
吹颳一地落葉，心事未有人掃
幫浦鏽著銅綠，汲不出半滴往事
　呀呀妳聽見門扉掀動的笑

總想著來生會是怎樣風景
　空白蔓延整座城市
　　就當作是托夢也好
無聲的淚伴隨無言的心跳

當月光素描妳迷離夢境
我底形影焚燒，化為一縷青煙
漫天黃紙擋不住回返的思念
中元夜，夢曾經來過

1998.09.06 20:01

五月病

喜歡妳有時候沒帶雨傘就上街去晃蕩
看地面上濺起的水花忽然靈感來了
喜歡妳百無聊賴時纖弱的側影
彷彿時光剪紙又重溫青春時期的憂傷
喜歡妳有時候默默把貼過的文字悄悄刪除
這樣曾經存在的消逝顯得格外神秘
喜歡妳隨意插播的音樂片段
五月病若是能痊癒，我願意陪妳去流浪

2014.05.01 03:25

空椅

偶爾會想起妳坐過的那張椅子
靠在窗邊可以面對人群的那張椅子
黃昏時夜色會悄悄透進來的那張椅子
寄藏思念與旅行種種無法言說的那張椅子

不過就是一張空椅嘛有什麼值得期待
但我可以細數它的青春它的傷痕
椅腳與地板磨擦，椅墊泛黃起毛球
那古典樣式難以在二手家具行找到第二張

坐在那張椅子上妳要喝杯黑咖啡可以
要喝杯比利時啤酒也行，只要營業時間許可
那裡就是屬於妳一個人的宇宙
可以盡情地懷抱著對另一個人的思念

而當我坐在這間咖啡館的那張椅子上
時間是永不休止的河流把我帶往有妳的去向
我這一生中最美好的記憶划過眼前
反覆播放總是最熟悉的那首老歌

2014.07.20 05:42

冬日煙火

我們不可分割的彼此
　不經意地穿越彼此
總是路過來不及打聲招呼
　就消失在路的盡頭
壞掉的霓虹燈管始終守在街角
　忽而明滅的人生有些頹廢
　蚊蠅逗留在資源回收箱
不忍離去的還有去年分手時
　壽司店播放的演歌和霧
與月光對飲，彷彿李白在我身旁
如果能醉一場，我會把鑰匙放在寄物櫃
去午夜零點月台等待夢的列車進站
　閱讀時刻表多麼浪漫
說不在乎誰給的承諾都是謊言

當世界只剩下一盞燈的時候
好似你的淚正在飄雪
而我遠在光年之外的電話亭
翻找電話簿般想起一組數字
那是專屬於你的密碼
它們的排列組合令我很迷惑
仍像深海魚一樣
甜蜜地發出微弱的光
就算沒人看見也會懷念
如今優雅是一種技術
最後還是決定不把秘密說出
轉身被冬日煙火吞沒

2014.10.08 23:41

平行線

已習慣彼此錯開
睡眠時間，當你白晝遊行
是我恆久祈禱長夜夢境
無法互換白鍵與黑鍵
身分需要再次確認

你跨越時間線來到我夢中花園
一種疼痛碰撞末梢神經
持續對付時間之跋扈
拒絕換膚拉皮或是雷射
微微燒傷痕跡（雖不明顯，但……）

而我醒著刷牙走路去上課
你倒吊著身體用力晃動黑暗

這又何嘗不是親密方式
始終搖控看不見的另一面

在你已離去車站撿到你的月票
我才深深感覺鞋底深陷
餵食過多承諾，以至於飽滿
令七個鬧鐘同時尖叫起來

決意剷平花園，好讓陽光
真實地照進你充滿病菌房間
早已習慣錯開彼此
比肉體更短暫的自由

2012.12.10 00:00

道別

離開前，最後一次親吻
什麼時候我記不得了
你說是雪國融化的牛奶早晨
小木屋窗口煮著咖啡
走了很久很久的心
如今才長出嫩芽
剛收拾好行李
又要跟貓咪道別
是忍耐把生活變得緩慢
恍惚之間，日影逐漸偏斜
工人還在修理屋頂漏水
我的喉嚨卻爬滿了螞蟻
等不及你把夢裡的黑暗讀完
我已悄悄編織新的結局

為莫名溫暖而明亮的宇宙
創造純然的，靜與直覺

2016.4.14 09:03

夢的解析

我們每日必經的歧路花園
韓賽爾與葛蕾特遺留的麵包屑
再厲害的路癡皆能順利抵達
除非是嚴重的失眠症
一萬英呎以上的高空
我們被迫從夢中彈射出去
努力去塑造真實幻境
只為了在睡醒後五分鐘
將它破壞、粉碎、陌生化
彷彿不曾
不曾有過山盟海誓
榮華富貴、前世來生
彷彿不曾
造訪過火星、月球、冥王星

麥哲倫星雲的第七象限
那些用生活榨汁機
攪碎的惱怒、憤恨、嫉妒、懊悔
種種念想全被吸進了黑洞
任由大腦皮質層的編劇家
不負責任安排劇情
原以為是情感發洩的出口
搞不好真實人生才是
我們是被夢的怪獸
吞進去又消化過的排洩物
雖然形狀各異不甚完美
但也許可以成為他人的肥料
或八卦話題倒也不失為人的價值
那麼努力地把自己輾碎
成為有用之物，或是有人按讚

回到夢裡
什麼也不是
任何事皆有可能
比方說：地球消失

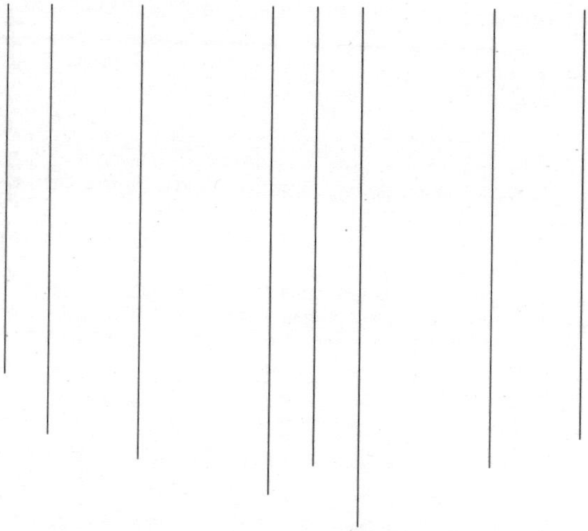

抵達遠方

我們跟頑固很有默契
選擇同一天抵達無言的山丘
那裡有風，吹著凍寒肢體
唱著歌的河流從隊伍中穿過

想要寫卡片的時候已經是冬天
湖面開始結冰，熊正準備去冬眠
還想不出怎樣的字句能夠溫暖對方
外套也安靜地遺忘在最後一節車廂

也曾經認真複習老師說過的話
在考試之前默背一千個單字
那些需要矯正發音的詞如今我
連一個也記不得了，誰還記得當年

我們併肩走過紫藤花的長廊
去福利社買茶葉蛋和冷掉的菠蘿麵包
說好下次比賽輸的人要罰跑操場
然後，我竟忘了向你索取寄件地址

2014.12.21 22:47

太古及其他的時間

我要如何向你形容俄羅斯蜿蜒冰川和湖泊，飛機接近波蘭上空時，看見鄉村原始樸實的景致，抵達布拉格近距離與童話街道親吻著浪漫的波希米亞空氣，往庫納霍拉的神秘草原和樹林，古堡的夜晚羅馬尼亞女巫來託夢，維也納的綠色植物園溫室咖啡館沙河蛋糕的香氣，布達佩斯老公寓鬼魂出沒的樓梯，阿爾卑斯山雪白的容顏，瑞士山谷的幽靜，慕尼黑農莊的格林童話，抱著金鵝的少年在橋上奔跑，環繞著破碎珍珠的希臘半島，季節風將水手和漁獲送往遠方，我在德爾菲神殿遇見夢占者描述城市的末日與崩解。那些你雙眼無法觸及的事物，如今我已為你看見。

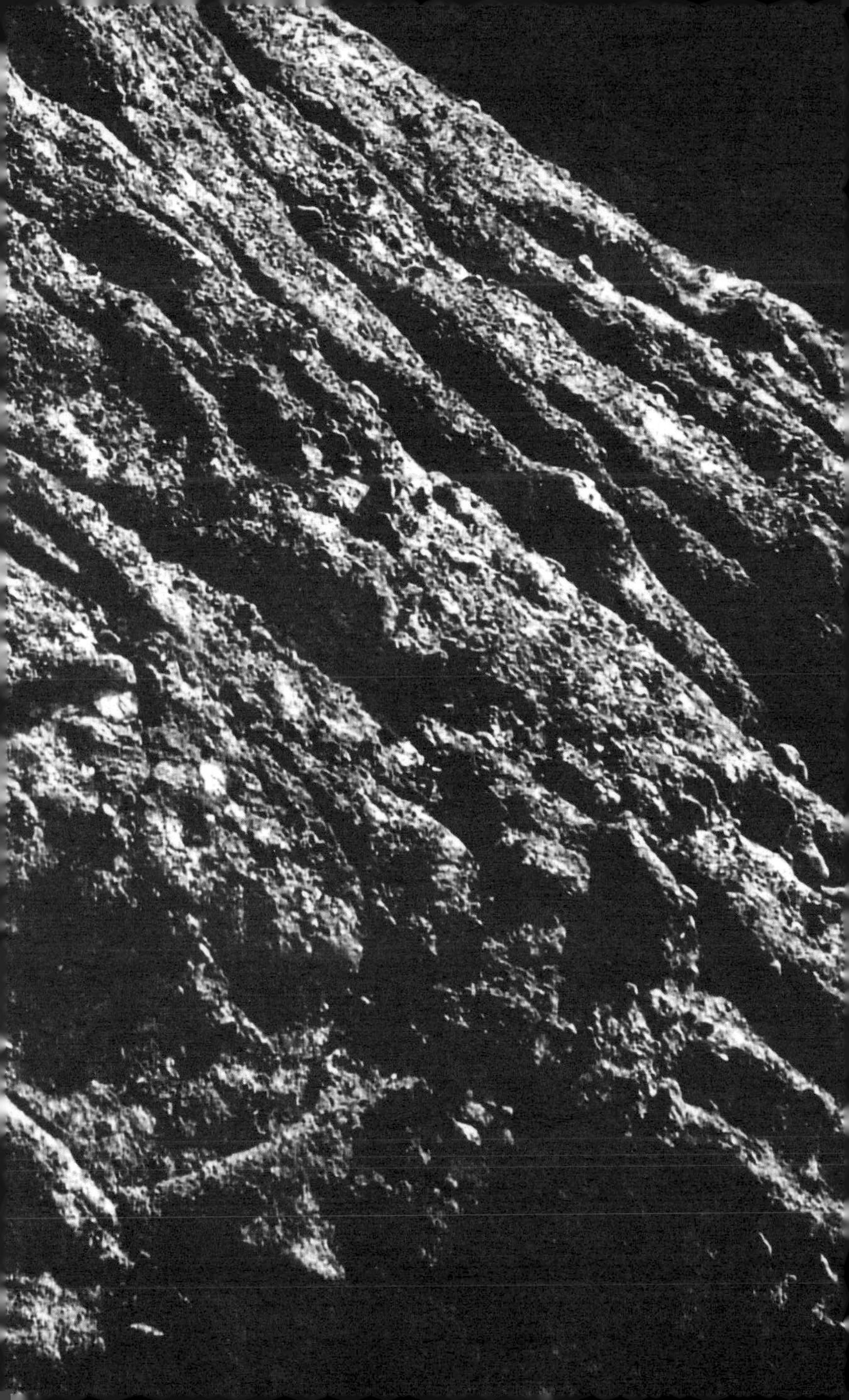

摘星術

通靈人亞利安帶我去一個摘星術已然失傳的烏托邦，從狹窄的木造梯子登上二樓之後，靈魂學的二手書籍和靈魂樂的唱片被擺放在周邊的陳列架上。

你隨時可以翻閱古老的夢境以及挖掘耳朵深處隱秘的旋律，在這裡時鐘的指針是倒退著走的，當你喝下摘星人後裔細心熬煮的黑色原汁，淬取自草原上恍惚之樹的果實，用適度的火候研焙的濃厚氣味，在你味覺的舌蕾上析出苦酸甘甜，通過你焦渴的喉嚨直達胃部的中心，那時候你會感覺自己愈來愈年輕，時間慢慢褪去你老化的表皮，浮現出稚嫩的如嬰兒般的肌膚且具有豐富的彈性——這就是傳說中的「烏托邦」。

它距離我們所居住的星球大約有六十億光年那麼遙遠，但是通靈人亞利安相當厲害，她念出一串神秘的咒語，通往烏托邦的梯子忽然出現在路燈昏黃晦暗的巷口，像不明飛行物剛剛降落那樣，我是在點餐之後才曉得這裡的消費是以光幣來計算的。當然這些通靈人都已經事先計算好，使用跨銀河系的塑膠貨幣卡就可以進行付費的動作，我只要準備足夠的願望拿出來和她交換就好，手續簡便，操作容易，靈魂交易所的業務員是這麼告訴我的。

但我也必須坦白說，在那些陰暗的走廊上，我似乎看見無數的人影在牆壁上來回不停地走動，他們的身體已沒入泛黃煙熏的壁紙，浮動著幾世紀以來的孤獨與哀愁，有的人倚窗而坐，有的人叼著菸斗，有的人埋首寫作，有的人掩面而泣，有的人一杯又一杯吞飲苦澀的黑色汁液，把自己的青春澆成一株奇異的有刺植物，那層層疊疊的光影著實駭人，他們喃喃自語的聲響被吸入時間的黑洞中，他們憤怒的主張被昏黃的燈光遮蔽住，以至於看不清楚當初是為了什麼原因而憤怒，甚至一群人集合在這裡出賣他們的夢境，換取靈魂微小的暫存空間。

在亞利安表演精湛的轉桌術之後，我和圍觀的群眾們用力鼓掌叫好，並且發誓以後的歲月要奉獻出自己的靈魂留在美麗的烏托邦，那就像是為了表現忠誠你必須在兄弟會的儀式中滴下自己的血液向眾人揭示勇氣和自信，和你未來的手足永遠團結在一起。當我認真的從架上的古籍裡取出智者遺留的羊皮手抄經卷，裡面記載人類亙古以來建造信仰所需要的一切裝備，看見一個跳動的黑色小人邪惡地露出他的微笑，一千年前他被封印在此，為的是等待一個出於好奇而天真的人類學家傻傻的解開封印，他終於可以退休了，輪到我來代替他看守下一個千禧年的知識牢獄。

而你現在看到的這段文字，是通靈人亞利安在烏托邦傳來的訊息，如果你有幸經過下北澤附近的一家咖啡館，你可以上樓去點杯現煮咖啡，然後在牆壁上試著敲三下，摘星人的後裔也許會告訴你後來的故事，關於失傳的秘術和人間蒸發的社會革命家他們轟轟烈烈的無名傳奇。

預言

雨不知道宇宙誕生屬於什麼星座
它們呼吸濕的空氣，懷念上個世紀
不以卑微作為遊行的口號，不會搖旗吶喊
路燈熱鬧的簇擁，樹葉滴落的聲響
你聽見雨，如同聽見身體流失的鈣質
如此空曠的心室，人生微薄，淡而透明
找不到奇蹟藥方醫治不斷擴大的黑洞
就一腳踩進黑暖滑溜的泥地裡
假裝自己也曾是撼動過天空的大樹
只是根還不夠深，還沒有碰觸到
地底最溫暖的核心（即使已經滲入肌理）
腳趾頭仍記憶著神農氏迂迴愛憎的掌紋
嚐遍了千百種草葉舌尖麻痺滋味
雨不知道這種重複性的運算概率

明天，還有明天的明天，雷神的預言

羊宇宙的沉默

所有的樹彎下腰來
讓人類的孩子
吸收飽和的月光

蚯蚓劇團巡迴演出
舞台濕潤鬆軟
蜂巢迷宮宛如昨日之夢

智者和旅人徹夜對談
關於羽毛和靈魂
感覺到重量嗎？

當整個宇宙沉睡
而你獨自清醒的時候

哲學家就誕生了

2012.11.02 21:16
筆於東京神田神保町

心裡住著猿猴與馬匹

心裡住著猿猴與馬匹的女孩噢
　我要向妳致上最深的歉意
不能放下手邊工作跳上末班列車
去島嶼最南端的港灣仰望藍色星空

心裡住著憂傷和喜悅的女孩噢
妳知道油桐花開了滿山遍野
我底心情就像是五月的梅雨季
沒有終點的思念如此晃蕩也不是辦法

心裡住著海洋和天空的女孩噢
穿著睡衣打開早晨躺在信箱裡
那封我寫給妳以吻封緘的微情書
帶著玫瑰花的香氣記得請放在枕邊

心裡住著詩人和哲學家的女孩噢
要小心妳的行蹤不能隨便曝光
因為獵人環伺著森林周遭各個角落
他眼中的獵物就是妳跳動且赤裸的心

2014.05.08 08:28

夜之漫遊

我特愛去屬於妳遙遠的夜流浪
　乘著星星賜予祝福的翅膀
　撒滿光屑在雲端之上熠熠生輝
無法停止思念的海洋掀動著洶湧波潮
生命如此黑暗而憂傷的路綿延不絕
　寧願把妳放在最閃亮的位置
宛如燈塔一般守護著我宇宙的航程
　總是難以計算我們之間的距離
　天使輕柔地呼喚著妳的名字
就像所有美麗靈魂被觸動的瞬間
在妳眼底我看見清澈的藍流動著
　當我們的沉默宛如冰河期降臨
水銀落地時妳彷彿聽見嘩啦啦雨聲
遂驚動了一隻正在窗前假寐的蟬

2013 . 06 . 20 03 : 30

雨天讀詩

下雨天理應讀詩的
介於昏沉與迷濛的氣氛
心情不好也不算壞
撐著傘去巷口買便當
人影混入油畫般的顏彩

比夜更深邃的妳
正在聽什麼音樂呢
總猜想會不會是前世累積的
淚水，如今滴成了雨

又或是彩虹的精靈
提前來探訪這座美麗的島嶼
可是灰色的，灰色的不安

像雨雲般聚攏又飄移

聽著雨聲，彷彿也聽見了
　熟悉的心跳和呼吸
貓蜷在角落繼續做奔跑的夢
無法推測我們相遇的或然率

如靜物，如一盆水耕植栽
　我底思念也化成無聲雨
　從不間斷地想著妳

2014.03.08 01:45

近未來的夢

這個城市已經沒有垃圾桶了
　它已經被機械人有效控管
午夜十二點鐘實施全面宵禁
街道上不可以有任何車輛行人
　每棟大廈的平地樓層Ｇ
　　是超級強力的吸塵器
　所有街道上殘留的物體
會全部吸入平地樓層Ｇ的垃圾處理器
　來不及逃生的野貓野狗流浪漢
將被無情的捲入處理器咔嚓咔嚓的絞碎
還有一種泛用機械狗負責掃除難以處理的固體
　牠會地毯式搜索所屬範圍的全區域
遇到不明物體或有機生物一律咬碎
　集中成可處理的團塊

智慧型大廈會自動吸入平地樓層G
在人們做夢的夜晚再製成可回收的素材
或是生質能源，供應汽車及暖氣所需
這個城市已經沒有垃圾桶了
連垃圾分類都有專責的機械人處理
城市的人口也急速消失中
因為那些喝醉了的人們
或是趕搭不上最後一班地鐵的通勤者
最後都難逃被絞碎的命運
城市也愈來愈乾淨
愈來愈接近理想中天堂的模樣

哀傷浮游

讀妳最後一封信
像冬日的雨，哀傷浮游
薄荷已濕透我的糖果外衣
墨水味震動所有空氣

起初，我們一同散步的黃昏
也逐漸被現實削成殘缺的耳朵
妳的視線愈晦澀陰暗
那不安的燭火就在我心底發芽

熊迷了路繞著森林的迂迴
想起蜂蜜就不感覺饑餓
有些句子是霧中的象
河水在安靜睡眠

打開抽屜裡頭塞滿丟失的夢
沒有到站的車票未通關的行李
　畫紙上模糊的鉛筆線稿
像從不曾在街上相遇的夫妻

2016.04.05 01:12

公路電影

我紛紛的不安
在你行將遠離的翅膀下
更顯寂寥而寬闊
不知該如何形容
夜以及無法數算的星雲
和聚散如霧儲存體內的幽靈們
旅途上的疲累與喧囂
總會有終點吧？
帶著啤酒和毒品
大聲放著悖德的浪人情歌
一條筆直向前的公路旁

有棵安靜的樹刻著我
不小心遺落的誓言

我愛著永遠
也不屬於我的

這秘密只有你聽見
千萬別告訴任何生物
包括上帝偽裝成的外星人

你飛翔的翅膀已沒入雲端
緊抓住幸福末梢最後一羽毛
渴望愛的靈魂

持續在冬夜
低溫燃燒

致飛翔者

在某些失序，混亂的氣流裡
始終難以搜尋靈魂的去向
是這樣惶惑不安，彼此都有覺悟
以秒計時生命不斷持續墜落

有時寂寞如此擁擠
像搭上死亡航班的乘客
默許背叛任憑命運搖晃
返家時星光依舊燦爛

沉重行囊已摺成紙蓮花
該斷捨的雜念聚攏成雲朵
輕盈卻放不開是想念
海風悲切地唱著末世哀歌

我知你姓名墓碑上從未抹去
曾經飛翔的夢想都被祝福
說好了要去更遙遠國度流浪的
天與地這般寬闊有人不告而別

2014.08.03 04:11

地獄A子夢見街

直到女人消失在貓巷
都來不及思索雨和圓周率的關係
純然是一場誤會，當花粉症
開始瀰漫這座充滿河道的城市
相思疫情眼看就要急速擴散
你只能選擇被愛包圍
或是被愛隔離

150 之一

地獄A子正在吸吮我的夢境
好吃嗎？我問她
嗯，有點苦，整體來說口感還不錯
妳知道，我熬了很久耶
什麼意思？
我用黑眼圈熬了一整晚
難怪有點苦，不過我喜歡
夢見A子的時候
鍋子裡的酸梅湯剛煮沸

之二

地獄A子用一種很夢幻的方式
吹著她的棉花糖，我好奇的看著她
小心點，別戳破它
這麼厲害，我也要來吹棉花糖
我心裡這麼想著，仍裝作鎮定的樣子
她努力地轉動地獄的風車
白色糖絲陸續從她的左耳抽出來
喔，我才發現，原來
謊言和夢，都是以相同方式在循環

之三

地獄A子走在一座無人穿越的橋
眼前除了濃霧什麼也看不見
我站在對岸死命的拉緊繩索的另一端
還沒走完一半，A子就放棄了
鞋跟好像卡住，好想回去換一雙
妳平常都不穿鞋的，偏偏選在這時候
只見A子從霧中緩緩地飄過來
還好是夢，我緊緊抱著枕頭
該死的手機響起，是催稿電話！

之四

地獄A子坐在我的親朋好友和同學之間
漫不經心地聽著彌撒曲和牧師動人的演講辭
　嘴裡還嚼著爆米花一邊喃喃自語
好悲傷喔，原來人死掉就是這樣的感覺
一邊用手肘抵著我的肋骨要我陪她假裝哭泣
沒有理由這樣胡搞下去怎麼看都覺得很荒謬啊
　直到一名白髮的女人說出我真實的死因
我那個死鬼丈夫臨死前還不忘傳簡訊給他的情婦
「這輩子跟他在一起我真的受夠了。」，於是我很崩潰地醒了

之五

地獄A子在巷口兜售她的口香糖
保證黏牙、久嚼不爛，情人節最好的禮物
她要我拿麥克風不斷重覆那些銷售術語
自己在一旁吹起了粉紅色泡泡
因為生意太好，以至於每個被口香糖黏住的客人
都指定要買我們家的鞋底去污劑
這個買回去絕不會吃虧的我們有三大保證
正要算錢的時候，我笑著醒過來
才想起跟牙醫師約好的看診時間好像是昨天

突然發現，我忘記了許多事，許多人的面孔模糊，彷彿不曾存在，他們像暗巷的疊影，你以為被誰從後面跟蹤，其實是路燈、霧以及流浪犬。

失憶的夜晚，與平常沒什麼不同，蚊子照樣在空氣中盤旋，尋找可以覓食的毛細孔，我的皮膚很細，叮咬起來應該鮮嫩多汁。

但失憶與失眠不可混為一談，失憶是浪漫的，失眠可一點也不浪漫啊。

能忘記痛苦的事，是幸福的。有人曾經這樣對我說，那個人很痛苦，他記得所有痛苦的事，快樂的事，反而沒什麼印象。所以說，快樂總是輕飄飄，像小孩手中握不住的氣球。而大腦喜歡痛苦，因為痛苦的記憶比較深刻。

我忘記我忘記的事，該記起什麼，我完全沒印象，這也許是失憶的前奏曲，我腦內的暴風雨還沒有襲捲而來。如果這時候被打昏的話，應該會做個好夢吧。

失憶

前幾天，我看見一隻罹患阿茲海默症的貓在柏油路面行走，牠走路的姿態很奇怪，而且好像忘記跳躍的正確步驟，牠看起來像是喝醉了在跳舞，月光下，牠的背影有點像人。

最初，我是個擁有完美記憶的孩子，我記得出生時候的模樣，記得母親擁抱我的溫度，記得那些細碎的話語，記得房間混雜著不同人的氣味，記得抓周的日子，圍觀的親人，捏起我臉頰的嬸婆，濃得化不開的豔妝，我記得的事情愈來愈少，兒時的記憶卻清晰如昨。

我忘了這些文字，是在某個周末的夜晚，從我腦海中浮現。

也許，失憶僅是一場幻覺，

如果你還記得我。

冰與火之歌

所有我想對妳說的話
已消融於雨中
不再擁有任何溫度
水墨般的素描
一些往日的零碎
從不奢求妳能瞭解
或是延續夜晚的潛行
在冰與火的焦灼
或拉扯，或撞擊過的
如殞石的事件們
我從來也未曾參與未來
用鋼鐵的意志
鍛造堅韌的心
穿越音速直達地底

熔岩將一切焚燒殆盡
魔性又壯闊新生
黑洞牽引星宿重置
妳承載著整個宇宙的思念
電擊我，脆裂風化
消失的沒有重量

充滿或然率的早晨

我可能遇見誰
在這充滿或然率，不確定的早晨
愉悅心情是標準配備
微風、小草、街角的貓
四處尋找可能性素描

去一家咖啡館坐著
等待故事向我走來
那樣不經意的
就像忽然打了噴嚏

你鄰座那個男孩
在樂園兜售夢和氣球
你身後那個女孩

即將成為愛的俘虜

從熱帶雨林來到冰冷寒帶
我們的話題始終迴避死亡
特隆赫姆港灣，看一晚幸福極光
以為世界盡頭就是這樣

但故事永不結束
即使航行後形成兩條平行線
也不會忘記海的微笑和你的擁抱

套一句神秘學的說法
時間是最好的解藥
你相信也好，不相信也罷
反正我們都是無神論者

天堂和地獄都沒什麼差別
流動的話語，意識的海洋
音樂漩渦著咖啡，心走失了錨
我在你的眼裏觸礁，並傾聽
宇宙深處傳來黑洞頻率
在這充滿或然率，不確定的早晨
我渴望相信一切如此美好

銀十字鑰匙騎士團

定定看著漫天飛舞的雪花，在你心底的時鐘，我像秒針的答的答走著一條望不穿盡頭的路，樹林間如此安靜，沒有人打擾，也沒有路過的馴鹿，我的手被北風搓暖了，我的臉被雪花燒燙了，我的身上沒有帶任何行李，只因你是我唯一的避難小屋，我知道那裡會有我要的溫暖，我知道爐上可能正煮著咖啡，夜裡會有絨毯蓋在我無夢的睡眠上，夜空有星星，而你哼著我最愛聽的催眠曲，你會哄我入眠，講起彼得潘和仙蒂的故事，我們都不會變老，只是慢慢訴說著對彼此的愛。

與永恆無關的事物

想到一些與永恆相關的事物
然後，我想起了你
黃昏的後花園，彩虹尚未出現的天空
你走來，親吻我，擁抱星星的夢

從不曾過問你離開的消息
路途那麼遙遠，你的心還在草原上奔馳吧
清晨的露珠也未必能記得我
昨夜遺留在窗邊的心事

就這樣永無止盡地等待下去
我不知道還有什麼籌碼可以跟命運交換
魔術師從黑帽裡取出白色的兔子
灰色的鴿子，還有一雙紅舞鞋

對你的思念宛如滿山遍野的蝴蝶
如今製成了標本鑲嵌在精緻玻璃框中
像是被催眠進入另一個世界
展開斑斕彩衣飛向不存在的天堂

然後，我想到與永恆無關的事物
我想起了你說的約定
如果有來生，我們也許
會是很好的伴侶，一起幸福到死為止

2014.08.31 05:34

巫婆烤著香甜的餅乾

開始在意陰影之間
不易察覺的流動
當夜行船模糊地
駛入神秘港灣

如夢之深沉
看不見任何的光
思念緩慢爬行
蠑螈背脊上黏液

摻著咒語的糖蜜
在我耳畔釀成了吻
感覺空氣異常擾動
妳占據所有波段的頻道

謊言偽裝的天使
躺在白色浴缸裡
咕嘟咕嘟冒著熱氣
腳趾頭還沾著泥巴

彼此身上的氣味
以夢的形式相連
宛如童話森林小屋
巫婆烤著香甜的餅乾

2014.03.02 07:42

說再見的時候

我以為
說再見的時候
妳臉上是帶著微笑的
至少在我記憶中
留下了短暫的溫度

並不知道
妳那時未說出的話
藏著多少秘密和委屈
透些微藍妳的眼睛
呼吸著晴空傳來的消息

午后的樹影愈來愈深
妳的背影會不會也

淹沒在秋天的黃昏裡
再也無法好好回憶

我以為
說再見的時候
果園的柚子已經熟透
月亮又圓了一圈
思念散發著酸梅的滋味

並不知道
如何解讀妳信箋遺留的暗語
髮絲的糾結、剝落的指甲
來回踱步的暗巷裡
那些反覆練習的分手台詞

或許妳還記得
回頭看看我落寞的樣子
也沒有太多的情緒波動
只是默然揮了揮手
像告別已久的故里
有一種動人的鄉愁

2011.09.04 05:00

我心愛的女子已年華老去

我心愛的女子已年華老去
不再是時光裡美麗的舊日風景
她拖著沉重步伐遲暮衣袖
朝一座半掩的門行去

我心愛的女子已滿頭白髮
不再是臉上塗抹著胭脂的少婦
她悸動的心給記憶上了鎖
在露深霧重的黃昏喝完一碗茶

我心愛的女子已默然無語
沒有多餘的形容去修飾她的寧靜

禪意滲入她慈祥的眉宇
於無盡黑夜燃點最後一盞燈

我心愛的女子已羽化成仙
一支悠遠的笛追思漫長的行旅
妳來，度化我吧迷途的今生
妳走，來世的彼岸花般紅盛放

2014.06.03 06:27

暗夜行路

妳捎來短信問我這時候
　究竟睡醒了還是沒睡
　　我簡短地回覆妳：搖晃中
而我確實處於一種慣習的恍惚狀態
　如往常吞服鼻炎藥片那是睡前
抗組織胺會有效地抑制中樞神經
　　妳要說我喝醉了也行
我沒有酗酒的習慣也沒有管道
　獲取任何足以致幻的興奮劑
鎮魂者的黑夜與貓兒呼咪的催眠
　　進入非常沉的海底感覺
妳睜開眼，彷彿不是自己的身體
漾著水波深藍，雙足游離拍打

我吸吮著妳的香氣愈發難以自拔
毒癮發作的禁斷症狀
昏暗燈光妳是舞池裡最迷人的妖
指尖碰觸瞬間綻放著花火
一道電流從妳的唇沿蔓延至脊骨
似妳髮絲輕撫敏感部位渾身都酥麻了
仍在搖晃中暗夜行路的人
我們的靈魂在這豪賭夢境底
是徹徹底底輸光了口袋

2014.09.12 03:34

撞擊

不遠處車陣之間揚起一片黃沙
我看見葬禮行列緩慢前進
白髮人送走黑髮人能有多悲傷
一炷香又是明日迢遙的旅程
那也是別人家的孩子啊
為何我擠不出半滴眼淚來
彷彿昨天剛發生的事
我的世界還在劇烈旋轉
冥河的交界處有人呼喚著
熟悉的名字模糊的臉孔
我的頭腦完全混亂
今天是星期幾？還有幾個會要開？
零碎的記憶片段撞進視網膜
還有些放不下的念想

全都卡在頭蓋骨與下視丘之間
我聆聽天使祈禱法師叫魂
回不去的人間愁苦煩憂皆化為塵
黑暗處光明乍現他們說是瀕死幻覺
有外星人來接我了噢不
是祠堂前那些看不見的先祖們
有的對我微笑有的怒目而視
以為這裡已是末路又看見許多路標
寫著看不懂的諸國文字
下個輪迴轉世的命運之輪
難道又開始啟動了嗎？
我閉上雙眼繫好安全帶
等待突如其來的撞擊

2014.09.17

微悟

逐漸產生一種不在乎死亡的體悟
從哪兒開始，該從哪兒結束
是夜綿延不絕的胃酸逆流成河
我在河上游擱淺如一尾癱瘓的魚

人生走到所謂的盡頭再前進一咪咪
好像也沒有什麼特別的事發生
貓默默低著頭安靜舔吻牠的趾爪
蚊香燃點的夜又過了四分之三

只屬於鄉愁步調的恬適感
沿著黑咖啡的湖面漫漶而來
雨季悲傷發芽思念的種子風中飄蕩
浮萍般睡眠移往更深層的泥濘

懸絲傀儡疼痛幻覺莫名的無助
神不在的街道上我清空宿醉的魂魄
倒出一些碎肉末和思想渣滓
滿懷抱歉地離開這個殘酷的世界

2014.05.01 04:20

世界末日

那是一個平靜的早晨，普通的不能再普通的早晨，她看著他沉沉睡去猶如天使般的容顏，從此再也沒有醒過來。那天是世界末日，窗外安靜的出奇，沒有半點聲音和動靜，這樣的早晨，誰也不會料想到不是嗎？

世界末日安靜地到來，就像夢一樣悄悄覆蓋著他的死，不需要蠟燭也不需要臨別的禱告，就這樣吧，就這樣吧，讓她的思念延續到世界末日的隔天，也許有一天他將復活，像天使一般長著白色羽翼，輕盈的像是沒有重量，來到她身邊，在耳邊悄聲地說：

「我很好，希望妳也過得好，我愛妳。毫無保留。」

她把他穿過的衣服，一件一件重新洗好、晾乾、燙好，然後仔細摺疊整齊，放在他的枕頭附近，他心愛的拖鞋也完好的擺放在床邊光滑的地板上，只留下一件他穿過的睡袍，想著那天也許他只是出去晨跑，迷了路忘記回來，這些她都必須準備好，等待他想起了回家的路，總有一天他會回來的，他會的。

餐桌上有兩杯剛煮好的咖啡，剛煎好的火腿、荷包蛋，他愛吃的芝士和果醬，鑲有葡萄乾的白吐司，新鮮的牛奶和柳橙汁。就算世界末日也要記得吃早餐啊，雖然已經沒有地方可以去了，交通和網路都已中斷，核電廠也終於停止運轉，說好的春天卻還沒有來，街道所有的一切被不斷降下的積雪掩埋，暖爐也剛好沒有電了，女孩把咖啡慢慢喝完之後，就裹著圍巾坐在窗邊看雪，腳趾頭凍紅了，她仍然坐在那裡。

從來沒有像此刻一樣渴望平靜。像羊毛一樣大量散落的雪，把世界妝點的像是一場巨大的白色舞會，即使不再相見了，也要學習好好彼此瞭解，不管過去或是未來，世界末日總是很有耐心地等待，每個人細緻而脆弱的靈魂以及宿命性的相遇。

2012.12.09 20:33

閱讀海浪

早晨聽著 Phillip Glass 的 Metamorphosis 感覺好像有艘小船漸漸靠近岸邊。荒涼無垠的沙灘上，逐浪的貝殼時而隱沒在淺水下，時而突顯它在砂礫堆中的格格不入。即便因與果的概念，是按照線性時間推論的結果，我們還是不由自主質疑著眼前所有事物，它們為何在此出現？而非彼方？

吳爾芙的海浪、化身為帕洛瑪先生的卡爾維諾正在閱讀海浪，村上春樹筆下的第七個男人述說著那年他與海嘯突然遭遇的故事；海如此難解、複雜，通過各種面向企圖說服並馴化我們的理性思維，鎮定我們躁動的靈魂，或擾亂我們的冥想顯得更加不安，而我們卻甘願在岸邊像個孩子似的發呆，全心接納海不時丟來的種種人生的詰問，慢慢地進入了沉默的世界。

從紛亂的諸多現象，我們掙扎著從紊亂、混沌之中抽離出來，努力去建構一個客觀的世界，好讓我們可以平靜地，有系統地進行縝密的觀察，但這也有可能只是一種自我催眠的假象，任何的涉入或探究，可以說都是一種主觀視角，沒有絕對客觀的事體存在，而我們假想它可能存在。但非理性的力量持續動搖著我們的感官，在觸及真實之前，必須歷經無數的挫敗和絕望。

僅有的感知能力，經常在觸及真實的那一刻就立即宣告投降。我們無能用語言去涵蓋所有事物的面向，就如同綠燈亮了，斑馬線的兩側穿行的人潮從不同的方向彼此迎面而來，你不可能同時間描述所有人的動作，他們的臉孔，外形的輪廓，甚或衣著打扮，身體上的特徵，他們的髮色，皮膚有沒有過敏，耳機裡正在聽的是什麼音樂。你只能隨著人潮的交錯移動，尋找自己飄移的位置，神奇的是人們錯肩而過，卻不會彼此碰撞，很順暢地抵達斑馬線彼端，繼續發展各自的行程，準備好一天的開始。

當我試著像卡爾維諾那樣深情而理性地閱讀海浪，針對記憶中特定的映像進行資料庫搜尋，鎖定那個在東京澀谷突如其來的恐慌症發作的午後，我坐在百貨公司二樓的咖啡廳，透過大片的玻璃帷幕所看見的駭人景象。世間的人潮如此擁擠，而我們暫居一角，是為了不被那龐大的日常生活攪碎機給徹底的肢解，以至於破碎、消滅、徹底崩壞，為了抵抗足以鏟平生存意志的城市巨大化推土機，所以才選擇坐在這裡喝杯苦中帶酸的咖啡，習慣不加糖也不加奶精的我，在此見證了海浪的微觀模型，在異地街道上真實上演，宛如海洋般的人生終究是個謎。

不曉得是哪位詩人曾經說過，
在宇宙誕生之前，愛就已經存在。

2014.07.29

所幸我還有做夢的能力

很長一段時間，我寫不出詩，什麼都寫不出來。我當作自己廢掉。我什麼想法都沒有，像飄浮在人間的遊魂，像一把被遺忘在車站月台的雨傘。那段日子，白晝很短，黑夜特別漫長。書本在我身邊，但我沒辦法去讀它；電影在上映，但我沒有興致去戲院看它。我沒有專注力在任何事物上頭，過日子充其量不過是在數饅頭，而且還是又冷又硬的饅頭，嚼之無味又棄之可惜。

肚子餓，該吃飯了，有點累，該睡覺了。任由日子如流水，沒有任何意義附著其上，也不是沮喪，也不算憂鬱，只是有點提不起勁，感覺倦怠，對所有事都無能為力，一種強烈的無力感，或許察覺自己的變化總是比較慢。像是走進自己黑暗的洞口朝內在探索前進的感覺，愈走進去愈幽暗，漸漸的進入伸手不見五指的漆黑，那是所有色彩胡亂攪拌之後，形成一團濃稠化不開的黑暗。

妳說要找到一個完全懂得自己內心想法的人很難，要覺得他是懂妳的，而妳亟欲訴說的一切只有他明白，能全部接納進去不需要多餘的言語，妳覺得這個人將會是妳生命的出口，那專屬於妳絕對性的唯一，不做第二人想，就是他沒錯！可是要找到這樣人何其困難，或許終其一生也找不到怎麼辦？怎麼辦啊，妳忍不住想要吶喊，那個人別害羞趕快現身吧。多希望就是現在。

妳說的那樣的人，於我而言通常都是死掉的人。我覺得很懂得我的人，大部分都是死掉了留下著作的人。在書裡面，無關乎死亡，可以進行無邊際的對話，妳說對話或許有用，但它不能擁抱你。沒辦法呀，他已經死掉了，我只能擁抱他的想法，揣想他說話的神態，發亮的眼神，滔滔不絕的魅力。妳說體溫很奇妙，是啊很多話想說的時候，體溫很簡單地說明了一切，解釋了一切，也寬恕了一切，有些話再說也是多餘，所以人們如此渴望擁抱彼此，卻時常找不到可以擁抱的人。

對於擁抱，我沒什麼特別的想法。但坐擁書室，被逝去的亡靈們圍繞，有莫名的安心感，不知怎地，我特喜歡睡在圖書館的感覺。波赫士曾說過「在我心中，天堂就是圖書館的模樣。」在我的夢境中，曾到過各式各樣的圖書館呀，比方說，亞歷山大的香料圖書館，這個世界上只要你叫的出名字的香料，在這座圖書館的中庭花園都有種植，有專人為你解說香料的歷史，產地，特性，以及它們如何調理在各類食物之中使其增加味蕾的觸感，香料的魔力乃至於渴望擁有珍貴香料的人們所引發的戰爭，圖書館收藏著大量典籍記載著香料王國的崛起與殞滅，聞香室收藏著各式香料暫存的芳芬和獨特氣味，它有著難以形容描述卻又令人印象深刻的性質。

至於飛翔者的圖書館，分門別類收藏了將近十萬種各式鳥類的羽毛，會飛的史前獸類藉由骨骼化石數位重塑的模型高掛於圖書館的天井之上，古生物學家發現的始祖鳥、飛蜥蜴，還有那些名不見經傳，卻真實存在於地球歷史上的飛翔者，從牠們曾經存在過的痕跡去想像當時的天空多麼地擁擠，而人類是多麼地疏離。藉由造型各異的翅膀去揣想億萬年的遷徙和流浪，藉由飛機的殘骸去領略人們永不停歇的進化欲望以及權力鬥爭史。有沒有一雙隱形的翅膀，可以載我去月球漫步數日，有沒有一雙堅強的翅膀，可以讓我毫無畏懼的面對每一天精神層面的攻擊和損傷。

以前啊，有位朋友對我說，他覺得我這個人給他的印象就是一個微笑有點神秘的古堡主人，擁有數不清的房間，裡頭收藏著珍奇的各式寶物之類，而且是不輕易示人的那種。其實我還有好幾個房間，專門用來蒐集世界各地流傳的故事，或是從朋友那裡聽到奇人異事，要進行這樣的蒐集並不容易，你必須時時刻刻保養好你的耳朵，要夠專注才能聽見細節，別讓故事近在眼前卻溜走了，蒐集故事要有充足的耐心，敲不壞的好奇心，也不能有差別心，任何故事都有它的教訓和意義，能活在故事裡多麼幸福啊！

我曾經遇過一個在故事森林走失了的孩子，他衣衫不整，他淚眼婆娑，他的鞋子不知掉到哪兒去了，他的腳趾髒黑，他的身體發抖，他驚怖的眼神像是在述說這整起事件的離奇和慌亂。我心疼因為他如此像過去的我，曾經沿著樹根和落葉找尋遺落的麵包屑，曾經繞過蜘蛛網和露水，尋找屬於永無島的捕夢網，曾經以為長大之後，很多事情的狀況會好轉，曾經以為努力就會有收穫，但仍舊一事無成，一無所有。當我們仔細計算失去的時候，我們失去的更多。因為害怕失去，我又重新開始寫作。

剛開始什麼都寫不出來，這種情況很正常。下筆的第一句最難寫，深怕變成什麼詛咒似的，於是我試著亂寫，先從紊亂的思緒中，隨便抓一句抄寫下來都好，我好慌亂，我毫無頭緒，但是下筆之後，情況有了好轉，那些如蒼蠅無主亂飛的思緒，好像因為抄寫這個動作，而被牢牢釘在思緒的捕蠅紙上。反正是亂亂寫，反正也不會有人認真看，我寫得輕鬆自在，更肆無忌憚。我只是想寫東西而已，我不是想寫文章，我只想寫給自己看，我不是什麼文學作家。我寫只是因為我渴望從腦袋中孵出些什麼，健達出奇蛋也好，石安牧場溫泉蛋也好，我想寫是因為不寫會死，我害怕自己變成了生活的機器，按照不知是誰規定的步調上緊發條，最後的目的只是為了衝向死亡的終點。

每次當我面對電腦搜索枯腸，靈感匱乏的時候。總有一些影像最能勾起我的記憶，我不能任由滴答的秒針折磨自己脆弱的神經線，所以我必須從記憶裡去深掘那些以為早已被遺忘了的故事，我必須努力去書寫並記錄自己成為一個不甘於成為生活俘虜的人，我必須隻身去對抗時間無情的侵蝕，不管是肉體的衰亡還是靈魂的腐敗，我必須透過書寫更加了解自己的軟弱和無助，醜陋與不堪。透過書寫試著去安撫不規則跳動的心臟，透過書寫與他人建立若有似無親密的連結，透過書寫去建構一個不存在的帝國，看它狂妄的無限擴張又在瞬息之間崩毀消失，一如昨夜嘔吐的穢物，早晨起來已被勤勞的清道夫打理的連渣也不剩了，我的夜間生活如同鬼魅，總在曙光乍現時煙消霧散。

很長一段時間，我寫不出詩，什麼都寫不出來。

後來，一個字一個字，我透過鍵盤打出來，然後是一個句子接著一個句子，一隻鳥接著一隻鳥，我渴望擁有的翅膀，如今又羽毛漸豐的茁長。那些原本無意義的字串組構成行，連綴成篇。我恍惚的夢境又變成了具體的影像，彷彿在意識裡重新活了一遍那樣清晰自然，鮮活躍動，歷歷如目。於是有了詩，有了文章和故事，有了小說情節，我說不出的感激，瞬間的狂喜和悲傷，如針刺向我的心臟，所幸這顆心沒有被冰凍起來，沒有僵固硬化，沒有被現實的鎖鍊綑綁，所幸我還有做夢的能力，我還願意試著去飛翔，用我敲鍵的手指，用我柔軟的意志，傳遞這些訊息給遠方的妳。

或許妳也可以的，請放手去飛翔吧！

2015.05.26　AM 05:00

靈魂撫摸

也許隔著銀河，我們的心會一直冷漠著，因為看不見彼此的表情，聲音，手勢和動作。那些年過去以後，我們只是錯身，走向不同的街，命運也就完全不同了。那隔著我們的巷道，是時間，也是空間；是河流，也是溝壑。我沒能再找到一個背影相似的人去想念，也不知未來的街頭，有誰在那裡等我。

當所有承諾都失效的時刻，我突然模糊地想起一個人，一個曾教我愛得死心塌地的人，他的臉孔好像被黑暗吸進去似的，總有著說不出的陰鬱，在昏暗的咖啡館角落吐著煙，桌上擺著一杯冷掉的黑咖啡，我問他來這裡做什麼？他說我是來體驗有關宇宙的虛無，以及作為一位詩人應有的失落感，他引用了芥川龍之介的一段話「人生不如一行波特萊爾」為我們沒有交集的談話作了結尾。

我記得電影裡，梁朝偉在平安夜裡帶著王菲去了他白天工作的報館，讓她可以打長途電話給遠在日本的情人木村拓哉，我念高中的時候也做過同樣的事，背著老師們都去開教務會議的時候，帶著同學偷偷潛入辦公室，讓他打長途電話給遠在新加坡的女孩互訴情衷，以為無人知曉，以為自己是上帝派來的天使，只願天下有情人終成眷屬，這兩個人最後還是分手，各自嫁娶，互不相干。

看著王菲拿起電話情意綿綿和情人說著聽不到的情話，我著實感到一種妒忌和羨慕，有個人在遠方想念著你，該是多麼幸福的事，而我抽著菸，隔著玻璃撫摸她的身影，琢磨她的笑語，透過指尖在玻璃上像是確認地圖似的描繪她的側臉，她的模樣。知道她要飛去日本了，一方面替她高興，一方面又覺得失落，好像不曾擁抱過的冰冷，如雪一般覆蓋了閃著燭光的平安夜，心裡面的酸楚不會有人知道的，至少，我們之間隔著巨大的沉默，如銀河的距離那般遼闊。

現在，我還會想起一些片段，想用文字記錄下來，也會放一些熟悉的音樂，讓自己盡情地悲傷。我還夢過自己扮演聖誕老人，忙著把大家需要的禮物塞進大大的襪子裡，而身後等待的麋鹿從鼻孔冒出白色的水汽，不耐地踩踏著他的蹄，示意我又該往下一站出發了。

幸福有很多種，我選擇了給人幸福的那一種。

2014．12．24
寫於平安夜

國家圖書館出版品預行編目 (CIP) 資料

羊宇宙的沉默 / 銀色快手著 . -- 初版 . -- 新北市 : 斑馬線 ,
2016.05
面 ; 公分
ISBN 978-986-92461-6-3(平裝)

851.486 105006397

羊宇宙的沉默

作者 | 銀色快手
攝影 | 楊璧如
設計 | 梁琄 曹乃云
校對 | 李璧諭 邱怡青

發行人 | 洪錫麟
社長 | 張仰賢
製作 | 荒野夢二
出版者 | 斑馬線文庫有限公司

總經銷 | 楨德圖書事業有限公司
地址 | 新北市新店區寶興路 45 巷 6 弄 7 號 5 樓
傳真 | 02-8914-5524

製版印刷 | 龍虎電腦排版股份有限公司
初版一刷 | 2016.5
定價 | 350 元
ISBN 978-986-92461-6-3